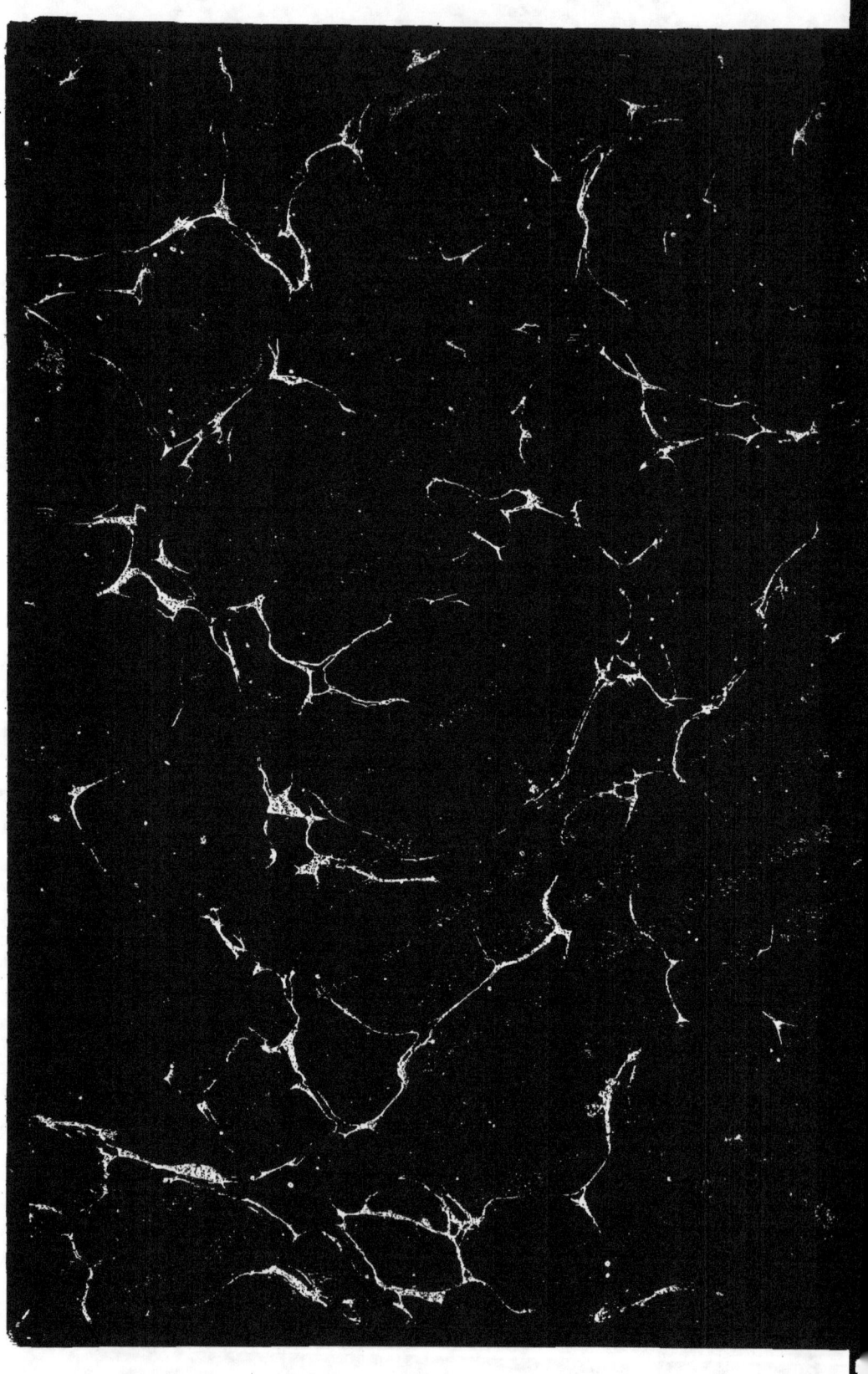

V

ESSAIS DE GRAVURE

POUR SERVIR

A UNE

HISTOIRE DE LA GRAVURE EN BOIS,

PAR

LÉON DE LABORDE,

Première Livraison.

PARIS,

IMPRIMERIE ET FONDERIE DE JULES DIDOT L'AINÉ,

RUE DU PONT-DE-LODI, N° 6.

1833.

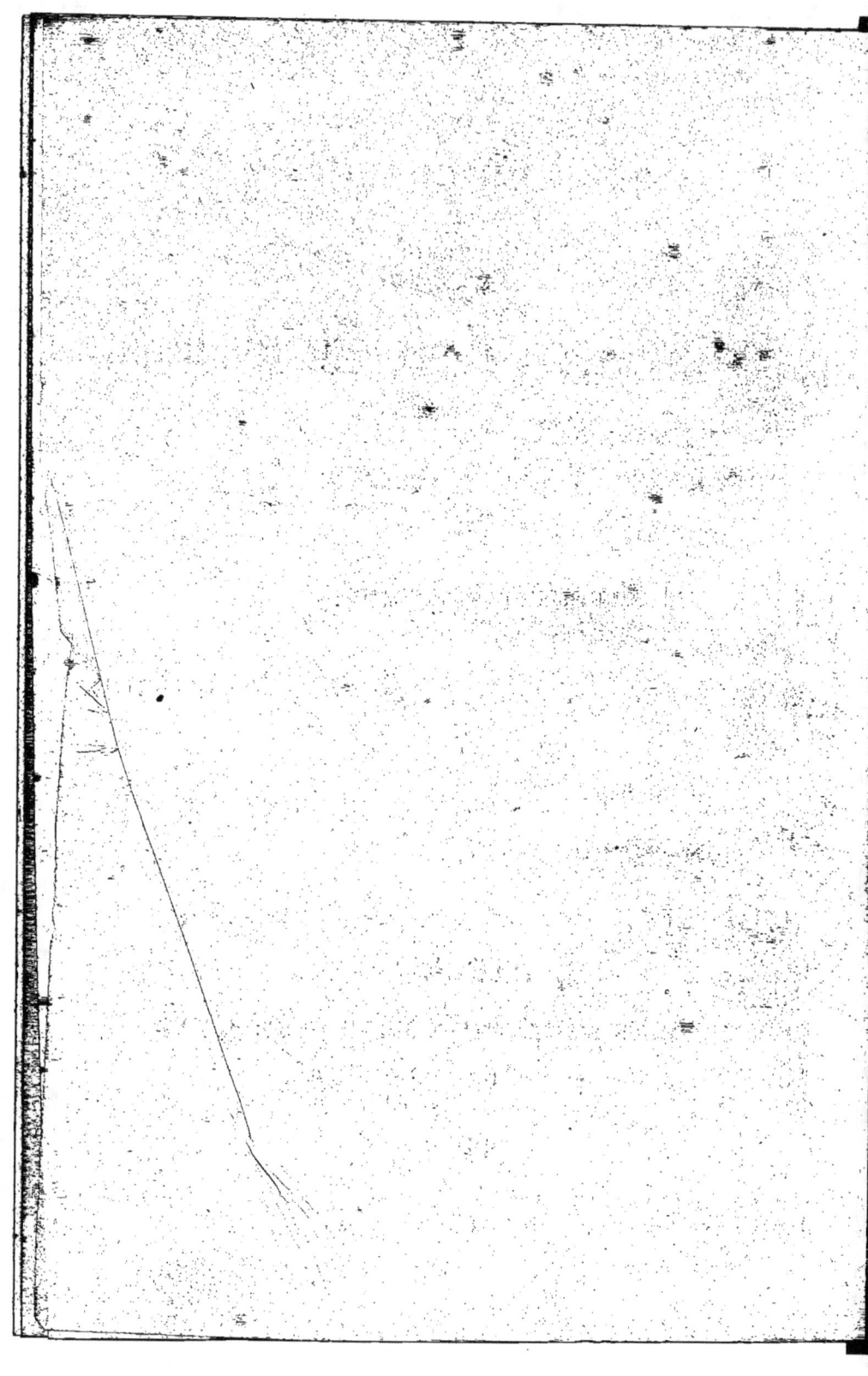

Essais de burin.

Jarvis, del.   Léon De Laborde, sculp.   Jarvis, del.   Léon De Laborde, sculp.   5

Jarvis, del.   Léon De Laborde, sculp.

Scheffer, del.   Léon De Laborde, sculp.   Jarvis, d'après Decamps.   Léon De Laborde, sculp.

Jarvis, del.

Léon De Laborde, sculp.

Léon De Laborde, del. et sculp.

Scheffer, del.

Léon De Laborde, sculp.

Léon De Laborde, del.

Léon De Laborde, sculp.

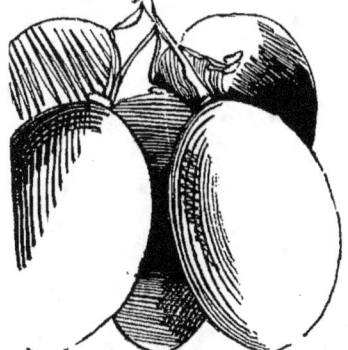

Léon De Laborde, del.

Léon De Laborde, sculp.

Léon De Laborde, del.

Léon De Laborde, sculp.

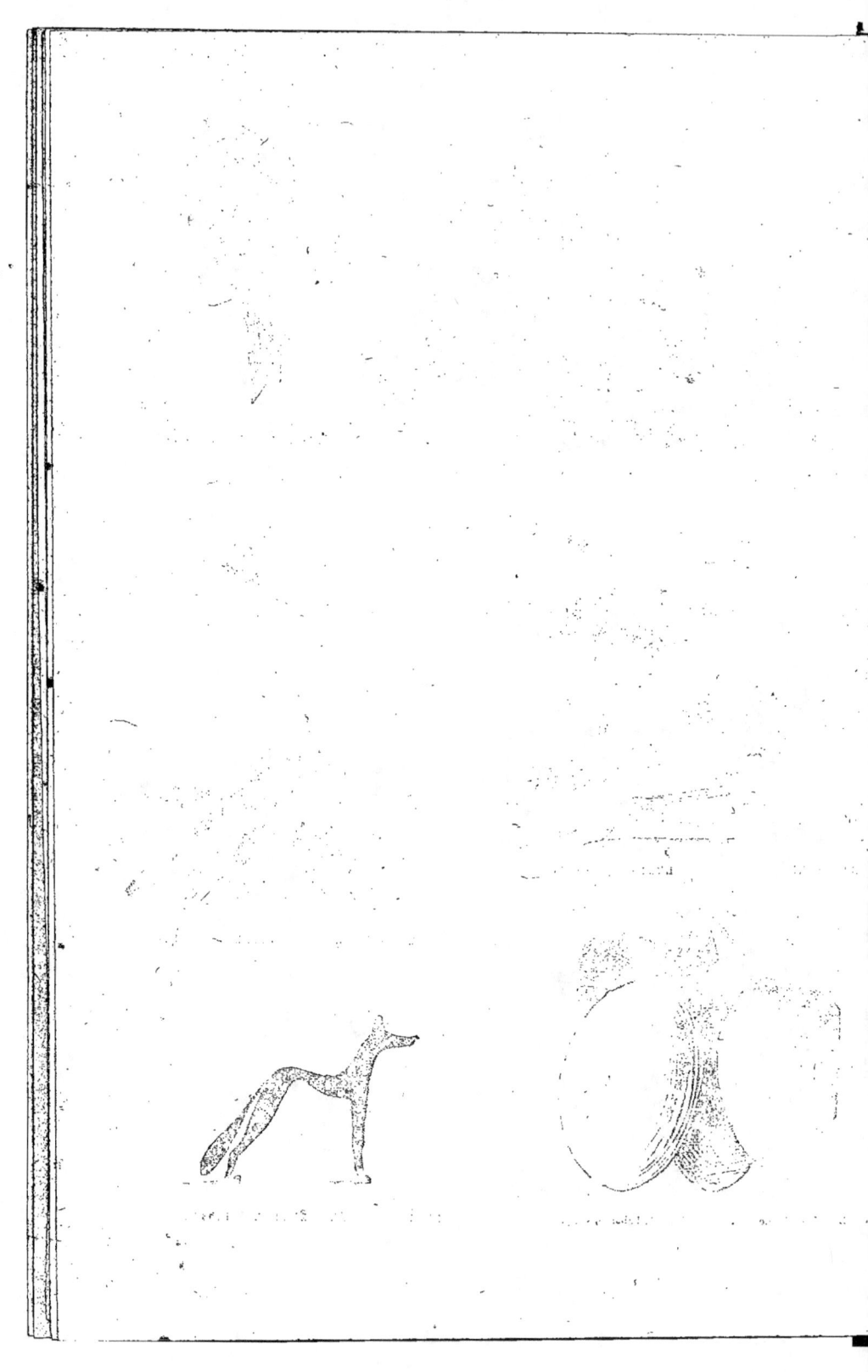

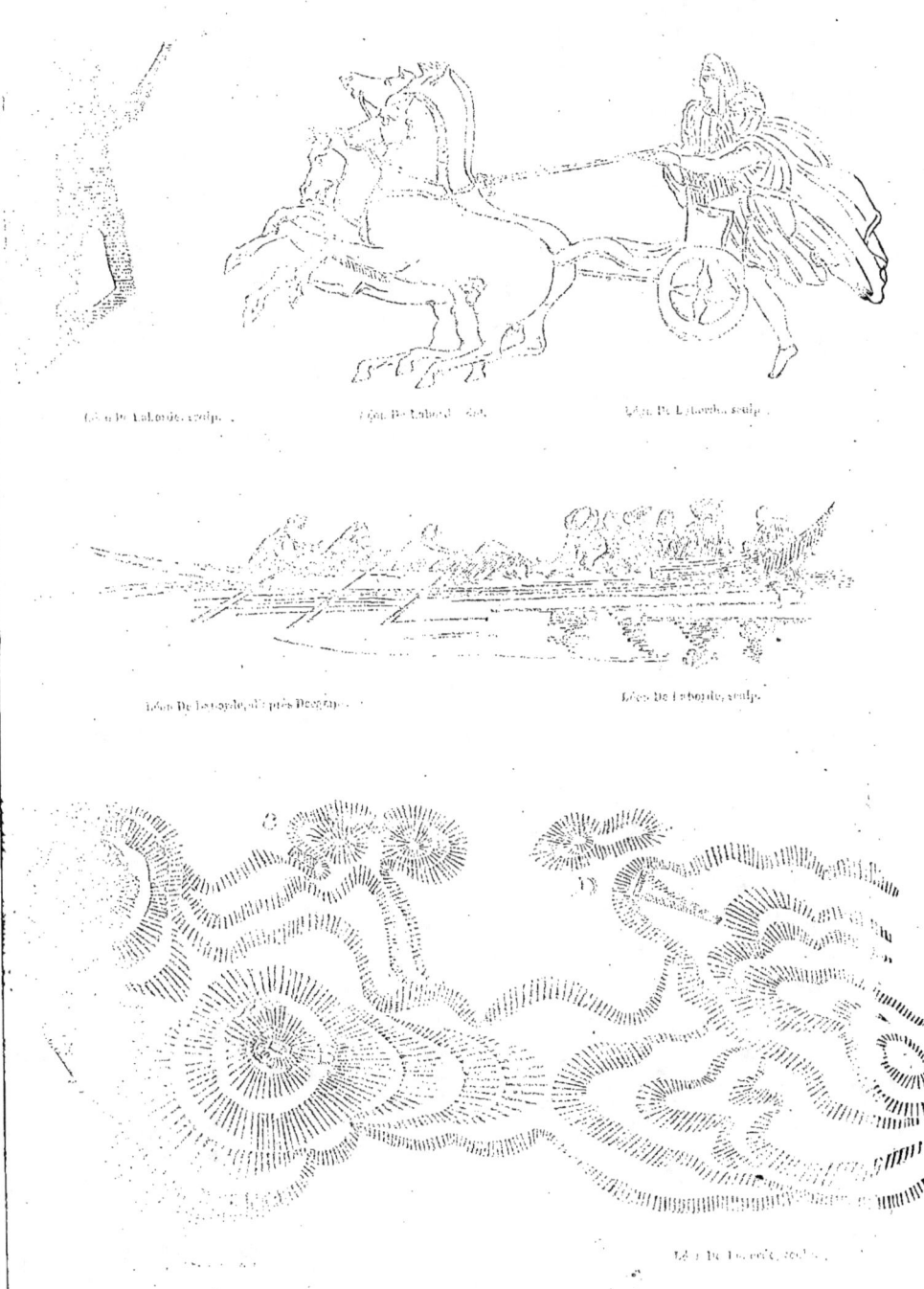

Dess. De Laborde, sculp.   Dess. De Laborde, del.   Dess. De Laborde, sculp.

Dess. De Laborde, d'après Dodwell.   Dess. De Laborde, sculp.

Dess. De Laborde, sculp.

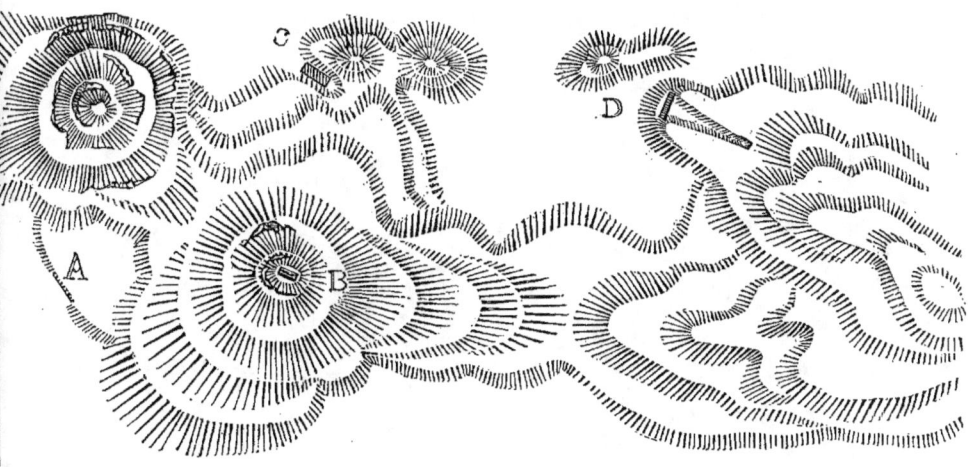

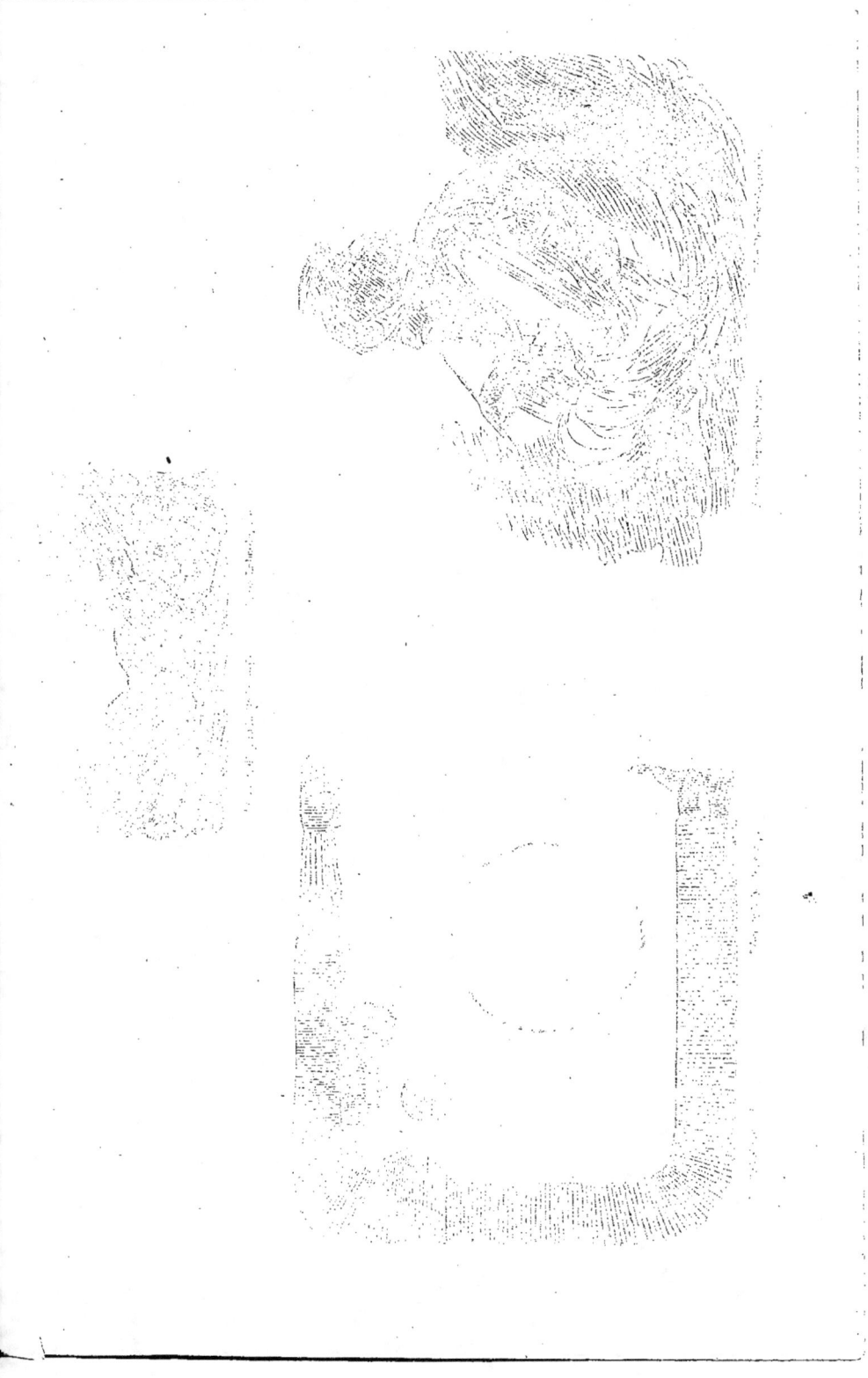

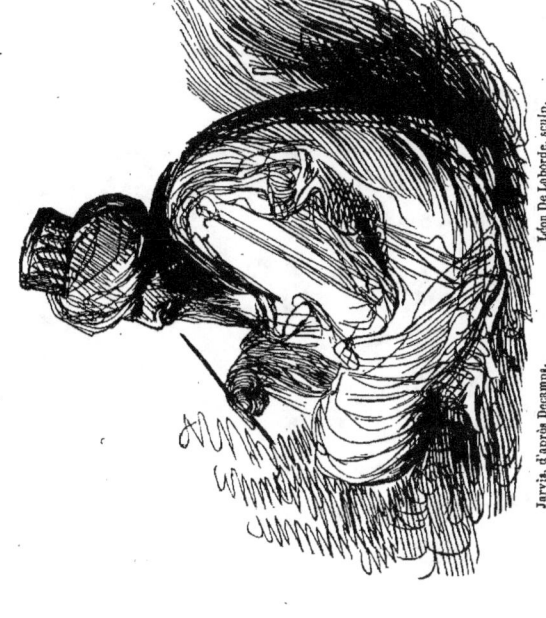

Jarvis, d'après Decamps.

Léon De Laborde, sculp.

Arnout, d'après L. De Laborde.

L. De Laborde, sculp.

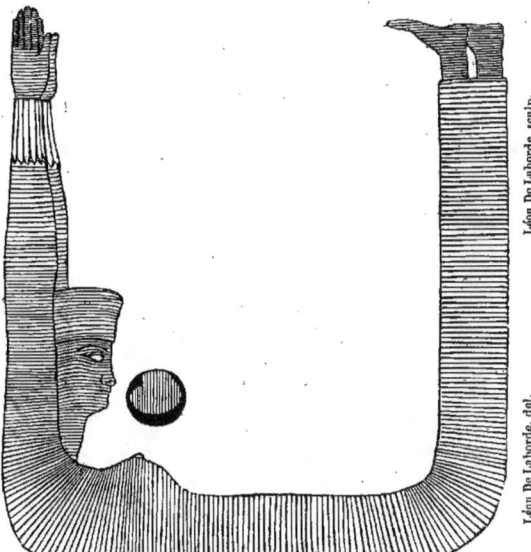

Léon De Laborde, del.

Léon De Laborde, sculp.

L. de Laborde.   Thompson, sculp.

Jarvis, del.   Thompson, sculp.

Léon de Laborde, d'après Decamp.   Williams, sculp.

Jarvis, del.   Thompson, sculp.

Léon de Laborde, d'après Decamp.   Léon de Laborde, sculp.

Léon de Laborde, d'après Decamp. Williams, sculp.

L. de Laborde. Thompson, sculp.

Jervis, del. Thompson, sculp.

Jarvis, del. Thompson, sculp.

Léon de Laborde, d'après Decamp. Léon de Laborde, sculp.

V. Adam, del.   Porret, sculp.

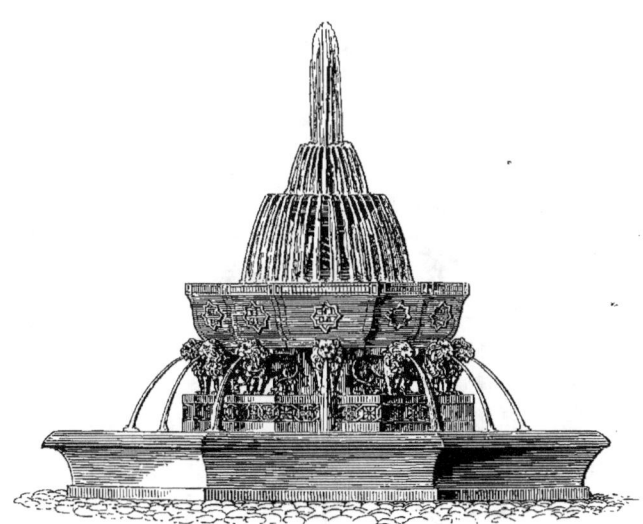

Thompson, sculp.

De Laborde, d'après Monfort.   Léon De Laborde, sculp.   Léon De Laborde, d'après Monfort.   Léon De Laborde, sculp.

De Laborde, del.   Léon De Laborde, sculp.   Léon De Laborde, del.   Léon De Laborde, sculp.

 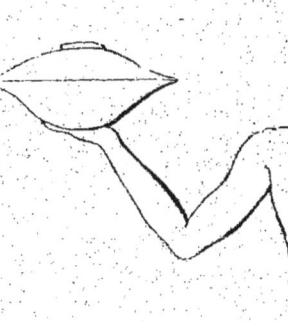 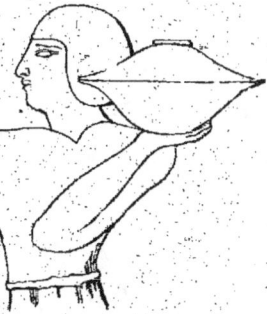

Léon De Laborde, del.   Léon De Laborde, sculp.

Léon De Laborde, d'après Monfort.   Léon De Laborde, sculp.   Léon De Laborde, d'après Monfort.   Léon De Laborde, sculp.

Léon De Laborde, del.   Léon De Laborde, sculp.   Léon De Laborde, del.   Léon De Laborde, sculp.

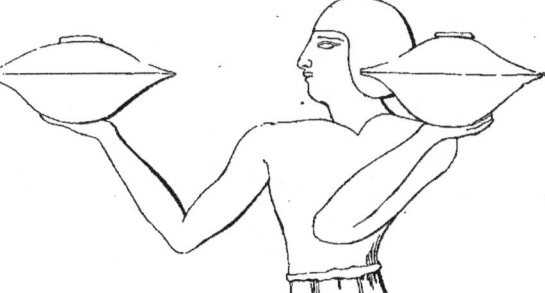

Tellier, del.   Porret, sculp.   Léon De Laborde del.   Léon De Laborde, sculp.   G

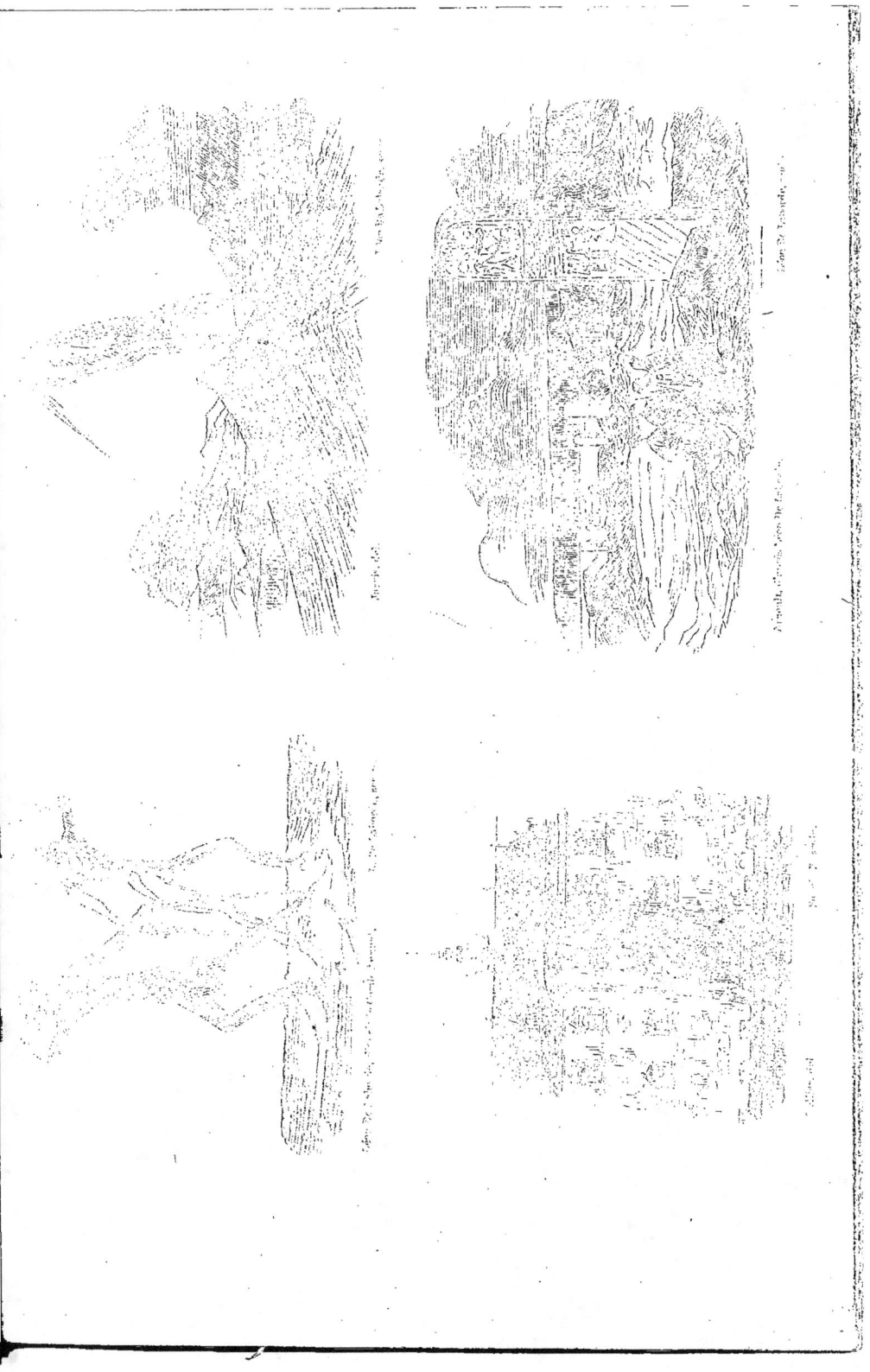

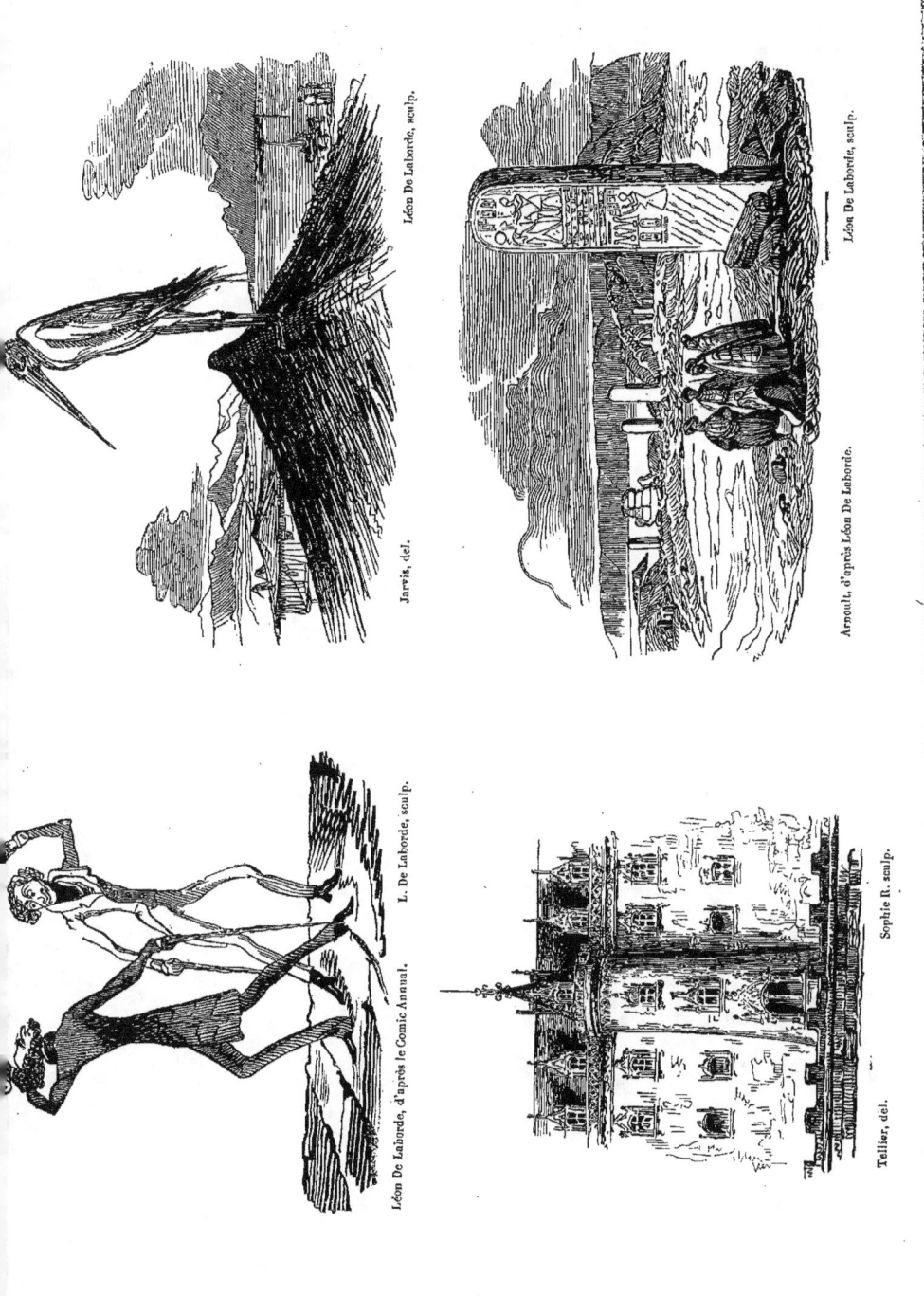

Jarvis, del.

Léon De Laborde, sculp.

Arnoult, d'après Léon De Laborde.

Léon De Laborde, sculp.

Léon De Laborde, d'après le Comic Annual.

L. De Laborde, sculp.

Tellier, del.

Sophie R. sculp.

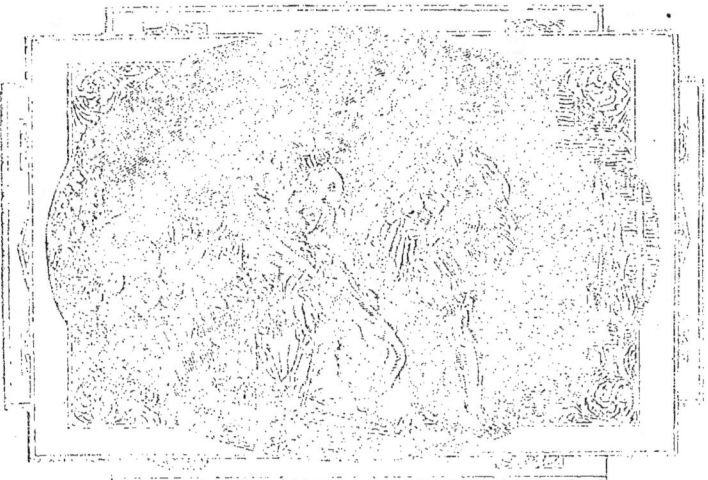

Jarvis, del.   Sears, sculp.

Jarvis, del.   Sears, sculp.

_. B. Lebrun. — Le Berger.   Le Berger, dessin.

_. B. ...   _. B. ...

Léon De Laborde, d'après Decamp.   Léon De Laborde, sculp.

Arnoult, d'après M. De Bussière,   Léon De Laborde, sculp.

Thompson, sculp.

Léon De Laborde, sculp.   Williams, sculp.   Jarvis, del.   Branston, sculp.   3

Jarvis, del.   Sears, sculp.

Jarvis, del.   Sears, sculp.

Jarvis, d'après Decamp.   Léon de Laborde, sculp..

Jarvis, d'après Decamp.   Léon de Laborde, sculp.

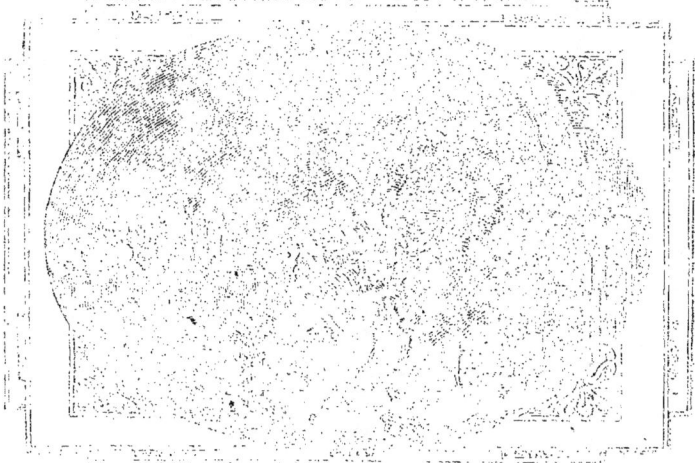

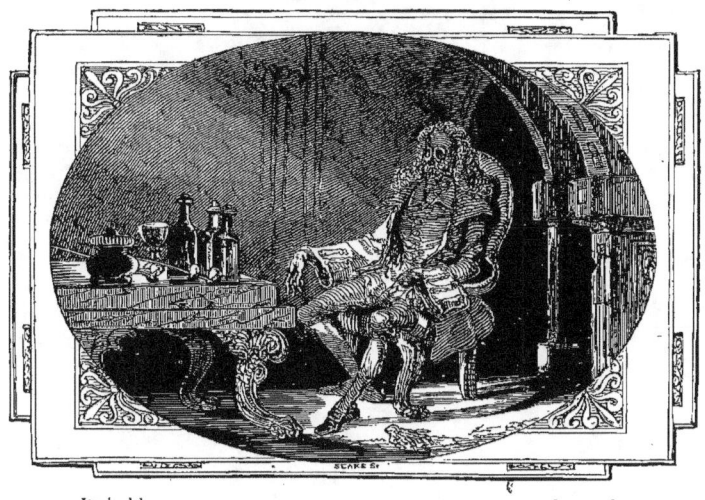

Jarvis, del.   Sears, sculp.

Jarvis, del.   Sears. sculp.

4

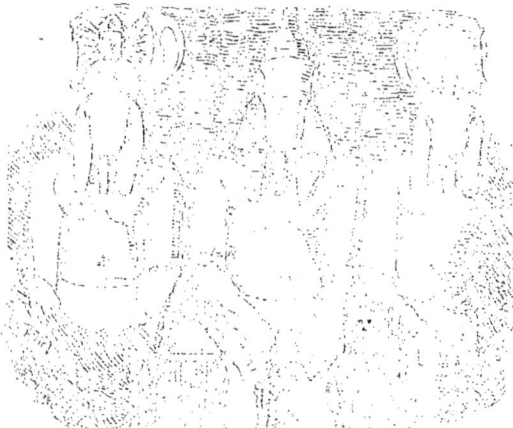

Jarvis, del.   Sluder, sculp.

Léon de Laborde, del.   Léon de Laborde, sculp.

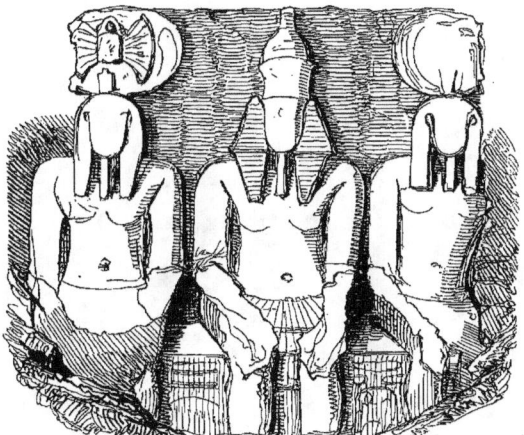

Léon de Laborde, del.   Branston, sculp.

Léon de Laborde, del.   Léon de La borde, sculp.

Jarvis, del.   Williams, sculp.

Léon de Laborde, del.   Slader, sculp.

Jarvis, del.   Léon de Laborde, sculp.

Léon de Laborde, del.   Léon de Laborde, sculp.

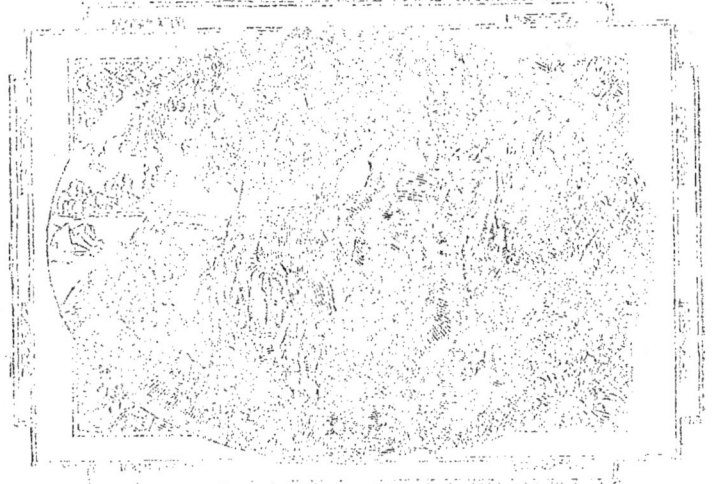

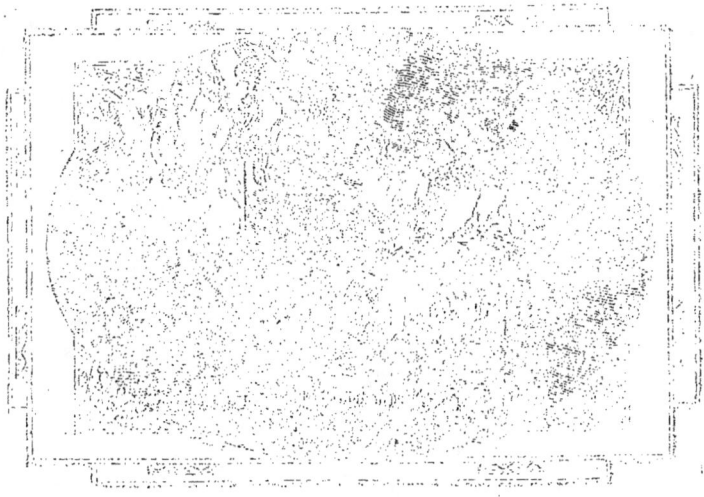

Jarvis, del.   Sears, sculp.

Jarvis, del.   Sears, sculp.

Chapuis, del.   Thompson, sculp.

Thompson, sculp.

Thompson.

Victor Adam, del.   Porret, sculp.

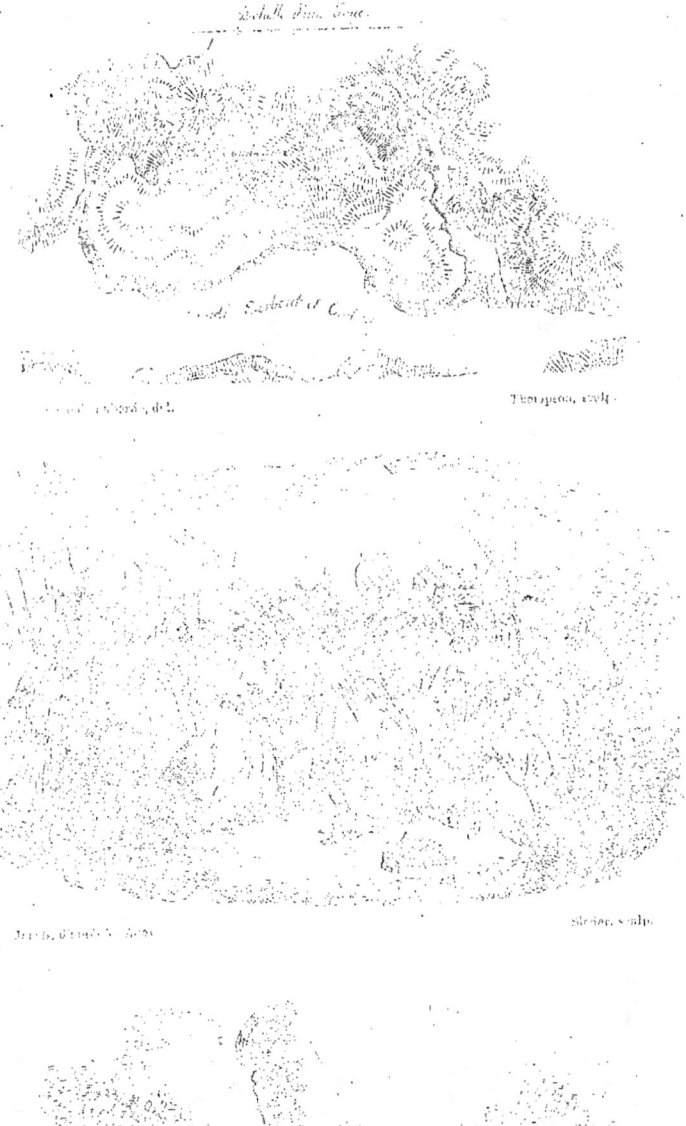

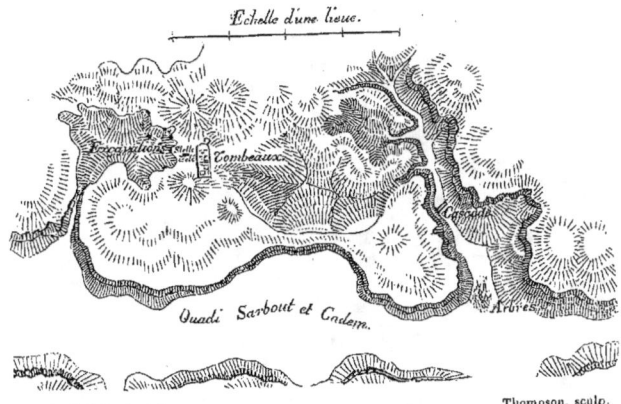

Echelle d'une lieue.

Quadi Sarbout et Cadem.

Léon de Laborde, del.

Thompson, sculp.

Jarvis, d'après V. Adam.

Slader, sculp.

Léon de Laborde, del.

Slader, sculp.

L'on de Laborde, del.   Léon de Laborde, sculp.

Chapuys, del.   Thompson, lith.

Jarvis, del.   Slader, sculp.

Jarvis, del.   Slader, sculp.

www.ingramcontent.com/pod-product-compliance
Lightning Source LLC
Chambersburg PA
CBHW060836250626
47162CB00005B/2083